Bisou pour papa

Léo-James Lévesque

Illustrations : Marc Mongeau

Directrice de collection : Denise Gaouette

Rat de bibliothèque

Catalogage avant publication de Bibliothèque et Archives Canada

Lévesque, Léo-James

Bisou pour papa

(Rat de bibliothèque. Série jaune; 11)
Pour enfants de 6-7 ans.

ISBN 978-2-7613-2063-4

I. Mongeau, Marc. II. Titre. III. Collection: Rat de bibliothèque (Saint-Laurent, Québec). Série jaune; 11.

PS8573.E962B57 2006   jC843'.6   C2006-941168-9
PS9573.E962B57 2006

Éditrice: Johanne Tremblay

Réviseure linguistique: Nicole Côté

Directrice artistique: Hélène Cousineau

Édition électronique: Talisman illustration design

Dépôt légal – Bibliothèque et Archives nationales du Québec, 2006
Dépôt légal – Bibliothèque et Archives Canada, 2006

234567890 EMP 0987
10799 ABCD   PSM16

IMPRIMÉ AU CANADA

Maxime se réveille.

Il a un gros bisou au fond des yeux.

Le bisou le chatouille

comme une plume entre les orteils.

— C'est un bisou pour papa ! se dit Maxime.

Maxime court vers la chambre de ses parents.
Son papa n'est pas là.
— J'ai un bisou pour papa, dit Maxime.
— Donne-moi ton bisou, propose sa maman.

— Non ! Ce bisou est pour papa, dit Maxime.
Ce n'est pas un bisou câlin pour maman.
Ce n'est pas un bisou mouillé pour Léo.
C'est un bisou pour papa seulement !

— Téléphone à ton papa.
Tu pourras lui parler,
propose sa maman.
— D'accord, bougonne Maxime.

Le téléphone sonne, sonne et sonne.
Maxime entend enfin la voix de son papa.
— Bonjour. Ici Charles Leduc.
Laissez votre message après le signal sonore.

— Un répondeur..., grogne Maxime.
Je ne laisserai pas mon bisou
à une machine.
C'est un bisou trop important.

Ce n'est pas un bisou surprise
pour tante Élise.
Ce n'est pas un bisou piquant
pour oncle Armand.
C'est un bisou pour papa seulement !

— Trouve une autre solution,
   propose sa maman.
Maxime retourne dans sa chambre.
Il est déçu.
— C'est un bisou très spécial.

On ne planifie pas ses bisous
comme on planifie les voyages.
L'envie de donner un bisou,
ça ne se planifie pas.

Maxime aperçoit une boîte.
La boîte est ronde
comme les yeux de son papa.
Maxime a une idée.

Maxime ouvre la boîte.

Il souffle son bisou dans la boîte.

Il referme vite la boîte.

— Mon bisou ne pourra pas s'enfuir.

Maxime colle un gros coeur rouge
sur la boîte.
Il écrit un message secret.

Soudain, le téléphone sonne.

Maxime est content.

— Papa, j'ai un cadeau pour toi.

Je l'ai caché dans une belle boîte.

Je vais te donner mon cadeau ce soir.

Maxime serre très fort son cadeau.
Il lit son message secret.